生命的美不在目的，而在歷程。

行到水窮處

杏林子

甚好（代序）

搬下山來，一直想養一缸荷。

第一年沒有缸，第二年有了缸，一時又找不到花種；等到萬事俱備了，今年春天又因為我一場病誤了下種的時機。

也發了芽，也長了葉，終究是幾片營養不良瘦伶伶比拳頭大不了多少的小葉，軟軟的浮在水面，連撐起來的力量都沒有，更不用提什麼亭亭如蓋。

整整一個夏天，花信無期，白白養了一缸蚊子。

經過庭院，總不免小駐一刻，看孑孓在缸中愉快的游著，也不覺得有什麼不好。

發一缸田田綠葉，開粉荷無數，自有它一世的繁華熱鬧。只是，葉終歸是要枯的，花終究是要謝的，那麼，葉生與不生，花開與不開，又有什麼差別？

花開亦當花謝，無荷亦如有荷。天下事能夠天時、地利、人和配合得天衣無縫、恰到好處的實在少之又少，凡事不苛求，不計較，順其自然，水到渠成，日子自然像風像水，流暢自在。

有荷在心，強如有荷在缸，夏日不仍是滿滿一季清涼？

＊＊＊

小孩回來，最喜歡的一件事就是玩我的手。

「二姑姑，你的手指頭好奇怪，為什麼這樣？」

孩子的問題我一向不規避。「因為二姑姑手指的關節生病壞掉了，手指上有很多韌帶，就好像橡皮筋一樣鬆掉了，所以會歪來歪去。」

「好好玩，好像裝了彈簧一樣！」

有一天，小孩忽發奇想。「二姑姑，我好喜歡有你這樣的手指頭！」

小孩一臉不勝羨慕的表情，倒教我想起一位朋友的孩子，出生時右手即少了三根指頭，做父母的哀痛欲絕，憂心忡忡，可是孩子不以為意，常常舉著他的小手驕傲的說：「爸，你看，我的手好漂亮！」

孩子不知道，在他成長的過程中，他將要為他這隻「不一樣」的手付出多少代價。

據說，亞當和夏娃在伊甸園生活得原本非常幸福，無憂無慮，他們看天地一切都是美的，人世一切都是好的。然而，當他們被蛇引誘，自以為吃了善惡樹上的果子就會變得聰明智慧，沒想到一旦他們雙眼明亮，才赫然發現自己赤身露體，趕快用無花果樹的葉子遮掩。從這個時候起，人類才開始知道什麼是羞恥，什麼是醜陋。

原來，孩子的心猶如混沌未開的世界，不辨善惡，不知美醜，所以，他們看一切都美好，都有趣。

＊＊＊

落雨的晚上，與朋友相聚。

屋內，一燈熒熒，屋外，細雨如綿。我們或輕聲漫語，娓娓而談，或相視一笑，默然無語，讓時間輕輕滑過。這樣的夜，顯得特別安靜迷人。

忍不住歎息。「即使此刻大去，亦是欣然無憾。」

從小，得天獨厚，百般寵愛集於一身，父母疼我，朋友愛我，手足親我，無論識與不識，從不吝付出他們那一分關愛友善。

自己的興趣，因為生病，反而可以毫無窒礙，得以充分發揮；自己的理想，也在眾志成城的努力下逐步實現。而自己也孜孜不懈的以求回報於天地之間，既不曾虧負他人，亦不覺有人虧欠自己。該付出的都付出了，該盡的心都盡了，至於那些得不到的，原就非我所有，便不強求。愛所不能及的，心意已到，亦可坦然。進退從容，天地遼闊，人生還有何求？還有何憾？

屋外風雨，就任它風雨吧，我已是風雨來去人。

＊＊＊

上帝在創世之初，造了光，又造了日月星辰、飛禽走獸、花果菜蔬，並且按照祂自己的形象造了人，祂看所造的一切都覺得甚好，十分歡喜滿意。

如果說，上帝真是無所不能、無所不知的神，祂何嘗不知道伊甸園裡隱藏有撒旦，祂又何嘗不知道祂所創造的人也有一天會背棄祂。可是，祂仍然看這一切「甚好」，這「甚好」兩字裡包含了多少鍾愛憐惜。

其實，直到今日，天地仍是創始之初的天地，風仍然一樣的溫柔，水同樣清涼，花草樹木也從不間斷的發旺滋長，為什麼人就看不見這一切的好呢？

是因為人失去了當初那樣一顆單純的心嗎？

如果我們知道，這個世界本來就不完美，人生本來就有種種缺憾，能夠包容，能夠接納，缺憾也就不成其為缺憾了。

《聖經》上保羅說過一段話很有意思，他說萬事萬物，不論好的壞的、美的醜的、苦的樂的、得的失的，都是彼此互動，牽連影響，相互有所助益。明白這點，這人間世的一切，好的亦是好，不好亦是好。

走過半生，回首再看來時路，也只有這兩個字可說：「甚好」。

真的，一切甚好。

杏林子 寫于一九八六年十月十五日

輯一 相知

輯二　向生命探險

輯三 生命讚

輯四　揞學家

輯五 會說話的樹

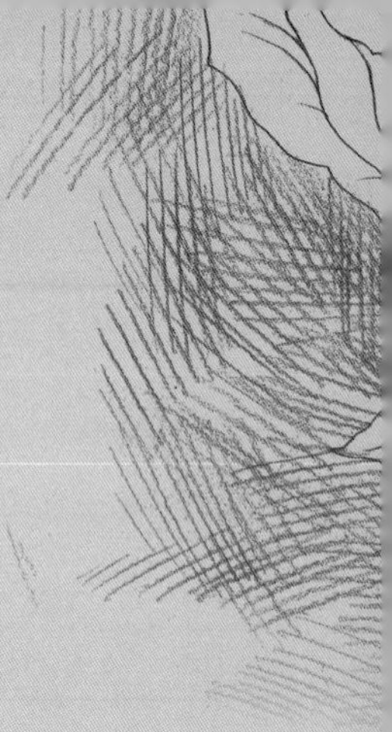

輯一

相知

愛是接受

中國字，是世界上最美麗的一種文字。常常包含了許多奇妙深奧的哲理。

比如說，愛。

愛。拆開來是兩個字：「心」和「受」。

愛的意義就是心裡接受。

有時候我們把施捨誤為愛。不，施捨中含了太多的高傲，會刺傷別人的自尊。而愛，卻是謙卑的。

有時候我們把憐憫當作愛。不，憐憫中含了太多的輕視，惹人反感。而愛，卻是柔和的。

有時候我們也以為瞭解、容忍、幫助、責任等等就是愛。不錯，愛裡都包括了這些，但如我們不能從心裡去接受對方，這些仍然算不得愛。

耶穌叫我們「愛人如己」。你什麼時候能愛別人如同自己一樣，接受他的優點，也接受他的缺點；接受他的成功，也接受他的失敗；接受他的快樂，也接受他的眼淚。那麼，你才算真正懂得了愛。

美好時光

當你愛了，這分愛就留在你心裡，永遠無人奪走，永遠成為你生命的一部分。

有一日即使你所愛的人不再可愛，不再值得你愛了，那麼就敲悄悄說聲再見，或者不露痕跡的疏遠他吧！

把你的心碎、痛苦和失望埋在心底，等候時間慢慢醫治它。千萬不要讓它們化成尖刻的言詞、惡意的攻擊傷害彼此，破壞了你們所曾共享的美好時光，徒然留下傷痛、醜陋的疤痕在你的回憶中。

真愛

愛，是一種令人愉悅、滿足的情緒。如果不是，那就是你的愛還不夠完全。

如果你的愛令你不安、恐懼或羞恥，那是因為裡面有了別的雜質，掩蓋了愛的本性。

愛與付出

當你說愛的時候，其實你還不懂愛；只有當你付出的時候，你的愛才開始成熟。

然而，你不能等到需要別人時，才開始付出你的愛。

愛不是商品，無法現場交易。

愛如積蓄，需要及早儲備，以免一旦急用，卻發現囊空如洗。

愛情

之一

在付出一分感情的時候，我們尊重對方，也就等於尊重我們自己。

我們要分辨，在愛裡，我們是不是用一種真誠的感情去付出，或是抱著一時好玩、欺騙戲弄的心理。

愛是有責任的，這種責任，就是對這分感情的真誠和尊重。

之二

真正的愛情不是濫情，不是激情。

真正的愛情可以幫助你在心理上逐漸成熟，瞭解到愛的責任，並且從這分愛中享受到一種坦然的快樂。

而在愛情的發展過程中，相互督促、相互勉勵，成為彼此不斷成長的助力。這個愛不是剝奪，而是一種獲得。這種獲得包括了心理上的成熟，包括了知識、氣質和人生觀，帶給你愉快、安全及平和的心態。

之三

許多女性往往以對方的身分、地位、背景、財富來作為擇偶的條件，這種帶有條件的愛情真摯嗎？

需要考慮的是，萬一這些條件半途消失的話，這分愛情還存在嗎？

有一點比較可悲的是，人對物質名利追求得太過分的話，愛的本質就會受到損傷，無法享受到純真的愛。

愛還是有條件的，但不是完全建立在對方的家世背景，而在於兩人個性是否相合，興趣是否相投，知識水準是否相近，心靈是否相通。

然而，不論怎麼相愛的人，婚後仍然需要不斷協調，不斷適應。婚姻生活最直接的教導我們人際關係的溝通與和諧，以及如何的調適自我。

婚姻能夠使人在思想及心理上成熟，原因也在於此。

愛

愛裡沒有忍耐，愛便膚淺。
愛裡沒有寬容，愛便狹窄。
愛裡沒有尊重，愛便專制。
愛裡沒有信賴，愛便短促。
愛裡沒有瞭解，愛便痛苦。
愛裡沒有交流，愛便死亡。

相知

再也沒有什麼比兩顆心靈的契合相通更神妙可貴。當四目銜接，一個瞭解、關懷、信賴的會心微笑足可擊退四周的黑暗。世界便在一剎那之間爍亮起來。

缺陷

世上沒有十全十美的人，每個人都有缺陷，只不過有的隱藏於內，有的形諸於外。

許多人往往因為自己的缺陷而把自己封閉，他們沒辦法接納自己的缺陷，結果以厭惡憎恨的態度面對自己。

一個不懂得、也不肯愛自己的人，自然也不懂得、不肯愛別人。

沒有愛的人生是一種悲劇。

最可悲的並不是他們的缺陷，而是他們只看到自己的缺陷。一個人如果一直把他的著眼點，放在自己的缺陷上，那麼，他永遠沒辦法看到生命的全貌，他的世界自然狹窄陰暗。

其實，沒有什麼能剝奪生命本身的完整，即使一個殘缺的生命也同樣可以擁有一顆最美麗的靈魂。只要我們不那麼輕看自己，否定自己，只要——我們多給自己一點點時間，一點點機會，我們就會發現生命的美，體會生命的好。

因為，生命的本身就會教導我們，從種種磨難和煎熬中，認識生命的強汰和耐力；從種種束縛和限制中，領略生命的寬廣和無限；從種種辛酸和眼淚中，享受生命的喜悅和豐富。

原來，所有的苦澀都是為了等候這一刻的成熟。

原來，我們的創痛和傷害都是自己給予的。什麼時候掙扎停止，什麼時候甘甜就出來了。

所以，不要那麼快拒絕自己，不要那麼快就給自己下一個否定的定義。嘗試著認識自己，瞭解自己，喜愛自己。然後，我們自然就懂得怎麼愛，怎麼付出，以及——怎麼接受別人的愛。

該不該愛

有人說愛是快樂，被愛是幸福。

倘若愛而不得愛，快樂何有？又有幾人能做到不求回報的付出？倘若被愛而不自知，或知而不足，又何從感受這分幸福？

從未理解情為何物，或是已參悟出世的，自是難得的大福氣。偏就世間多的是牽掛也難，割捨也難，愛得不甘心，又不能捨棄不愛，既獲得愛，卻又不滿足於愛，就在這種種牽纏不清矛盾裡掙扎的人。

有時候，愛豈不也是苦役，被愛豈不也是捆鎖嗎？

溫柔

溫柔是一種極其柔韌又極其剛強的力量。

它見水就溶，見火就化，見石就碎，見風就散。它不抵抗任何外來力量，而是把自己或溶或化或碎或散，成為對方的一部分。

不是征服，亦不是替代，只是居間調和變化。於是，水不見冷冽但見其柔情萬斛，火不見暴烈但見其暖似春陽，石不見剛硬但見其質樸醇厚，風不見輕狂但見其清涼寫意。

它看似無形，卻是有形；看似無力，卻是有力；看似不露痕跡，卻是無所不至。

世間任何一顆剛硬頑劣的心，都能在一剎那之間被它溶合軟化，俯首稱臣。

菊

有時候我們很怕去愛，或者猶豫該不該愛。因為愛，就難免有牽掛，愁腸百轉；因為要付出，就難免受傷害。有時是付出的沒有回應，有時是放得太多無以自拔，有時是被迫生生割離，而最令人傷痛的莫過於恩將仇報。

所以，當我們愛的時候，真是需要冒一點被折磨被傷害的風險。除非我們把自己的心緊緊關閉，不付出什麼，也不接納什麼，任由它們僵冷硬化，再也感受不到任何悲喜。

兩難

寫文章的人都知道，一篇文章倘若要寫得好，就要懂得割捨。一些蕪雜無用的句子，一些與主旨無關的廢言，一些與上下不能契合的段落，都要揮筆如刀，大力刪節，方顯出文章的俐落乾淨。

道理明白，只是能有幾人狠得下心修剪自己的文章？不僅自己顧惜，便是別人更動一字兩字，也是護疼不已。

人世間的情愛也多的是盤根錯節，或是愛而不得愛，或是愛其不當愛，又或是兩情相許卻又偏是今生無緣，種種艱難阻礙，駁雜凌亂；明知快刀斬亂麻，立可風清水靜，卻偏是無從下手，無能下手，終難收拾自己。真個是割捨難，不割捨也難啊！

電波

當你凝眸遠視，就在你四周的空氣中充滿了穿梭流動的電波。你看不到，捕捉不到，除非經過某種特定的接受器，那些神祕的電波才會變成聲音，或是畫面，告訴你它們所要傳達的訊息。

但不知那一種頻率，才能接受到心的懷念呢？

這樣的月夜

中秋夜，小雨初歇，無星無月，山林瀰漫一片薄霧，分外清涼幽靜。

這樣的月夜，多麼適宜思念，思念那些睽別已久的知友，以及生命中那些欲圓未圓的情分。不論是人負我或我負人，俱已在煙塵之外，無悔無怨，亦無憾恨，有的只是一分小小的感謝，小小的歡喜與滿足，生命的圓熟就在這一剎

那間的頓悟和領受。

其實，天地何曾有缺，歲段何曾有憾，人世間的是非恩怨，悲歡離合，也無非是人們自己自傷自殘，自苦自愁，想透這一層，自然束縛盡去，身心清爽，無罣無礙。

今宵團圓夜，且讓許多面孔一一浮現，依然熟稔親切，依然溫馨如故。心有繫念，心便貼近。

長大

有時候，我們愛的只是一個幻象。

或者是因為對方酷肖某個我們仰慕崇拜的偶像，或者是眉目之間舉止之間說不出的情韻，或者什麼都沒有，只不過一種特別迷人的氣氛，我們便忍不住愛了。

其實，我們並不很清楚對方，只是愛那分愛的感覺，就把自己深深陷在其中。

有一天突然一驚，才發現自己的愛是那樣的空泛虛華，免不了心中傷痛，所有的付出都如鏡花水月，追悔不及。

不知道該怨誰，只有小心護持著自己的傷口，等待它慢慢痊癒，就在這等待中，我們長大。

愛的試探

有愛，就免不了有試探。

因為對這分愛的不敢肯定——大多數時候是我們的不夠成熟，對自己缺乏信心。我們想證實這分愛的存在，以及它的堅貞度，於是，發出許多試探的訊號，無禮的態度、哭鬧或是貪得無厭的需索，如果我們不懂得適可而止，這分愛將在極度的緊張中失去它的彈性與活力。

我們的愛開始受到損傷，因為疲倦而產生厭倦，逐漸窒息死去。

我們痛苦，總算有機會讓我們證實起初的懷疑，豈不知正是我們用自己的手扼殺了這分愛。

愛情與友誼

在所有的感情中，愛情是最易磨損的。

愛情具有極強烈的獨占性與專一性，絕對容不下第三者。愛的濃度越高，彼此相距的空隙就越少，摩擦就越多，在不斷的需索及欲求中，很容易因為愛的不滿足而變得敏感多疑，許多齟齬嫌隙因而產生，損傷了愛的完整性。

朋友則是站在一條平行線上，有一定的距離可供進退，有一定的空間可容伸縮，因為可以進退可以伸縮，便多了一分尊重，一分客氣，一分相忍容讓的氣度。

也正因為朋友是平起平坐的，可以彼此切磋，彼此砥礪，彼此學習長進，雖清淡如水，卻綿遠亙長。

我寧肯與人做朋友，不做情人。做情人，只得一時，做朋友，可得一生。

我愛

我愛，無非是盡心；盡心，無非是讓自己安心。
因為愛裡沒有私慾，愛便可以坦然，可以無懼，可以擴展至無限。
愛，只有在完全沒有條件的情況下，才擁有絕對的自由。

知友

一位好朋友，就像一幅好畫，讓人賞心悅目；一段好音樂，叫人心曠神怡；一篇好文章，令人沉思默想。

帶給你心靈的迴響共鳴，一種啟發，一種享受和獲得。

訪客

一陣輕微的羽翅撲動聲，抬眼一看，一隻小雀鳥就停在紗窗上，兩隻圓瞅瞅的黑色小眼睛，一動不動地盯著我看，看見我看牠，也不驚惶，一點也沒有要逃走的意思。

從來不曾和一隻雀鳥這樣近距離接觸過，一向只看見牠們遠遠在樹梢、草地上跳躍，在屋簷、電桿上停憩，很少如此接近，近到我可

以清楚看到牠青灰色胸腹的起伏，牠的呼吸。牠沒有啾啁，沒有移動，對於我的問話也不理不睬，只是歪著小頭不斷打量我，帶著孩子般的好奇與淘氣。能夠讓一隻雀鳥信任，肯於接近，心中有種模糊的喜悅和熨貼感。

大概有一刻鐘吧！我的注意力開始轉移，一個不注意，牠雙翅一展，如同晴空一抹雲彩自我眼前消失，再看看空無一物的紗窗，不禁有些恍惚，剛剛真有一隻雀鳥停留在這裡嗎？

偶然

總是在生命既定的行程之外，總是在生活安排的計畫之外，總是在絲毫沒有心理準備的情況下，相遇了。

雖然只是擦肩而過的際遇，雖然明知誰也不在誰的行程計畫之內，卻由於交會的那一瞬間，兩顆心靈不經意的相觸而震撼，而牢牢相吸。

正因為不期而遇，便多了一分乍然驚喜；正因為不曾刻意經營，便多了一分隨性而至的浪漫；正因為不在自己的軌跡之內，便多了一分不欲人知又亟欲人知的忐忑。

大多時候，由於年齡，由於閱歷，由於種種現實的障礙與約束，也不過就是小小自我沉醉一番就適可而止。讓不屬於自己的，仍然不屬於自己，讓自己按著既定的行程繼續前行，在已經安排好的生活裡過自己的日子。

曾經相遇，曾經相愛，曾經在彼此的生命光照，就記取那分美好，那分甜蜜，雖然無緣，也是無憾。

思念

思念，是一種甜蜜的疼痛。

從知道即將分離的剎那，思念便牽起它看不見的繩索。離別的腳蹤越跨越遠，那道繩索便越纏越緊，嵌進你的心房，揉進你的夢裡，化進你的哭裡笑裡、呼吸掙扎裡。不觸也痛，觸了更痛，你甘心受縛，只因為你知道，有一個能夠思念的人也是一種幸福。

有些離別仍有相聚的期日，思念裡便羼雜了盼望和等待的喜悅。有些卻是情緣已盡，死生契闊，儘管心如刀割，然而此生此世，曾經相遇，曾經相愛，疼痛中仍有一絲慰藉。

很多時候，思念的繩索也會隨著歲月的侵蝕磨損，只留下一分回憶在心頭，一如石上水痕。

等待

有時候，我們像是等待什麼，卻又不知在等待什麼。

有些恍惚，有些怔忡，有些莫名所以的忐忑。希望有一些什麼事情發生或來臨，卻又害怕它的發生來臨，時間就在這種模糊的期待和焦灼中悄悄溜走。

另一種愛情

為什麼一定要把所謂的「愛情」侷限於兒女私情上呢？

倘若異性之間，只是單純的彼此欣賞，彼此喜悅，彼此瞭解激勵，不也是很好嗎？

人慣常被自己的思想、觀念所困，能夠掙脫這點，天地雖大，何人不可以愛，何人不可以被愛呢？

無關風雨

很多時候，我們不是把愛情看得太聖潔，就是太齷齪。其實，就和親情、友情一樣，也無非是一種情感的交流感應，可以高操，也可以卑下，端看付出的人，和愛情本身無關。

幻

夜已深沉。

望著朋友離去空置的椅子，開始有一絲恍惚，真的有一位朋友適才來過嗎？那溫柔又熱切的眼神，機鋒四起的談話，灑落滿室的笑語，你能感受一個生命的熱流汩汩傳來。而突然之間，人去聲寂，夜如舊，燈如舊，一切歸於無有，彷彿從來不曾發生過什麼事，你竟然不能肯定是否真有一位朋友來過，甚至你真的認識這樣一位朋友嗎？

難道，所有的感覺可能只是人的一種幻覺嗎？包括你自己是否也僅只是大時空的一個幻象？所謂的永恆又是指什麼呢？而生命中那些愛過以及被愛過的事事物物又到哪裡去了呢？有許多東西你彷彿曾經擁有，又彷彿從來不曾擁有。

一時之間，就在燈下這樣苦苦思索起來。

五月相思

從來不曾這樣接近過一株相思樹。這才知道五月山裡那一叢叢、一團團、一簇簇，或濃或淡、或深或淺的黃色變調，都是出於相思樹小小的花朵。

每一株相思樹密密麻麻不知有千萬朵比黃豆大不了多少的小絨球。每一朵小絨球都是一個小色點。儘管樹本身仍然枝繁葉茂，然而黃色小花的渲染力太強，就好像一張打濕的畫紙，一筆色彩上去，立刻漫成一片暈黃，新墨未乾，水意淋漓。

五月的山，是畫家不經意留下的一張畫稿。

無法傳遞的

不知為什麼，一清早忽然想起他，那個不時從腦海浮出水面的名字。

也許今天早上的山特別美麗。因為下雨，所以有霧，霧從溪谷、從樹林，如絲如縷浮騰而出，整個山頭氤氳一片霧氣。山若隱若現，時清時濁，近處尚有一分朦朧的青綠，遠處則和魚肚色的天空連成一氣，只有一條極輕極淡的鉛筆線勾勒出山的輪廓，像是誰遺忘在那裡的一張素描。

不知要怎樣把這分美傳遞出去，便只有在心底輕輕呼喚他。

再愛一次

當我們的愛受到傷害，我們或是把自己緊緊封閉起來，或是用另一種方式——盡情放縱自己，來平撫我們被蹂躪被羞辱的心。

不論是封閉是放縱，我們自以為是報復，報復這個世界的冷酷無情以及人間的不平不滿，我們把自己陷在其中，到頭來才發現報復的原來是自己。

其實，唯一能醫治這種傷痕的，還是愛的本身，再次的接受，或付出。

寧肯無情

若是你不能領受愛的好處，愛其實是不存在的，就好像其他許多世事一樣，比如美，比如幸福……感受不到或是根本懵懂無知，那麼，這一切都是虛空，都是惘然。

然而，儘管有人明知那是虛空是惘然，卻如春蠶作繭，飛蛾撲火，情難自禁。

或許，你寧肯無情，豈不知無情也是情，想捨又捨不掉的一種情。

輯二

向生命探險

試煉

有位長輩每次見到我，都要說一篇人生大道理，並且不斷強調說：「你要堅強，要有信心啊！」我總是笑一笑。

有年，他感染過敏性鼻炎，長期不癒，懊惱不已，見到我就大訴其苦；我很想告訴他要堅強，要有信心，終於沒說。信心，是行動的實踐，不是口號。

夫妻唯處貧賤才見恩愛。

友誼唯處患難才見真情。

軍人唯處危險才見勇敢。

要知道一個人的操守、品性、道德、修養，也唯有看他在試煉、考驗、重壓、打擊下的反應和態度，才見深淺高下。

向生命探險

我們每一個的生命都自成一個宇宙，高深莫測。

你永遠不知道你的韌力有多強？

你的能力有多大？

你的潛力有多深？

你的耐力有多久？

你能學多少、用多少、付出多少、愛多少、原諒多少、發揮多少……

你不知道，除非你嘗試。

生命有如探險，應該充滿了好奇心與挑戰。不斷摸索，不斷研究，不斷努力，不斷克服。當然，這中間也要經歷許多驚險，許多刺激，許多艱辛，許多試探，許多血水與汗水的迸流，許多重重困難的阻礙。但是，你也將因為不斷的發現而欣喜，不斷的收穫而滿足，不斷的領悟而成長，不斷的磨練而剛強，不斷因為登臨新的里程和境界而擴展你生命的領域和深度。

忍耐

忍耐，是一種涵養，一種學問，一種人生境界。
在憤怒中安靜，
在激動中自持，
在冤屈中沉默，
在危險中鎮靜，
在貧窮中安然，
在寂寞中怡然自得，
在苦難中泰然自處。

你要把眼淚收起來，把笑臉攞出來；把傷口遮起來，把胸膛挺起來。
你要在心口插著一把刀的時候，還能笑得出來。

嘗試

面對一盤你從來沒有吃過的菜餚，你是試試看或是放棄它？面對一條你從來沒有走過的小徑，你是走走看或是掉頭而回？

對於從來沒有經歷過的事物，你可能沒有勇氣嘗試，因為你害怕，害怕那些「未知數」。

因為害怕——或者不是害怕，只是你的雄心壯志以及好奇心被生活或是年齡磨損了——於是你用一個小框把你自己框在一個固定而熟悉的世界，你滿足你自己的環境，你滿足你永遠無波的人生。

只是你可能失去一些東西，由於你不敢嘗試，你失去許多美味的食品，許多尋幽探勝的樂趣，許多翺翔天地的自由。

也許安定也算是一種幸福，只是當你結束人生的旅程時，是否也會有一點點小的遺憾？你對生命瞭解幾許？你對世界認識幾多？

不要抱怨

對於已經發生的不幸，已經造成的錯誤，你當然會懊惱，會心懷不平，會追悔莫及。但是，不要抱怨，除非這樣做能幫助你改變事實，或是為你解除煩惱，否則，千萬不要抱怨。

因為，無謂的抱怨只會把你自己陷入一個更痛苦的深淵，越來越無法自拔，讓你再也看不到外面的世界。

也永遠不要對別人抱怨，沒有人喜歡聽到你喋喋不休的抱怨聲，沒有人喜歡看到一張怨懟不滿的臉。這是一件與人無益、與己有害的事。

對命運也好，環境也好，要不然就欣然接受，要不然就默然忍受，如果都做不到的話，那麼就反抗吧！只是千萬別抱怨。

禮物

有很多東西我們不需要別人給我們，我們自己就能給自己。
比如希望，
比如快樂，
比如信心，
比如勇氣。
當然，我們需要學習，需要培養，需要磨練，需要時間的醞釀，以及人生閱歷所累積的經驗。
這些都是一種意志的力量，如果你能得到，或者擁有，那麼，你就可以在囚房中看到藍天，在絕地中唱出清歌。

路

很多時候，我們彷彿走在一條荒徑上。

孤獨而疲乏，掙扎著一步一步向前。有汗流下，有淚流下，有血流下。我們多麼想停下來，多麼想躺下來；我們好累，好想休息。可是不能，這是我們的路，沒有人能代替，我們必須自己走完它。我們不知道還要走多久，也不知道還能支持多久，只是走一步算一步，前進或許還有一條生機，放棄則是死路一條。

我們甚至不敢回頭，恐怕失去舉步的勇氣。

走著走著，忽然有一天，我們霍然發覺，不知道什麼時候，我們已經走過了最艱難的一段路程。我們不敢置信，也不明白是怎麼熬過來的。儘管疲累辛酸，卻也欣喜歡然，我們終於又邁入一個全然新的境界。

生命內涵

我們終其一生都在肯定生命的真實。

我們把自己當成實驗品。不斷摸索，不斷研究，不斷追求和努力，想看看這個有限的個體中究竟有多大的內涵，以及多少可供發揮的實質。

於是，生命的尊榮和華美便一點一點顯露了出來。

挑戰

面對你不喜歡的人，嘗試著去瞭解他、關懷他，甚至愛他，這是一種挑戰。

面對你不喜歡的工作，嘗試著適應它，並且從中學習經驗，甚至發掘樂趣，這也是一種挑戰。

面對你不喜歡的環境，嘗試著克服它、影響它，甚至改變它，這更是一種挑戰。

生命的功課

不要期望你的孩子做醫生，做律師，或是做企業家、政治家，不要這樣限制他們，因為什麼職業並不重要，重要的是他們對生命的認識和體會。

要教導他們做一個有責任心的人，懂得對自己負責，也懂得對別人負責。

也教導他們做一個快樂的人。這個時代的人已經越來越不懂什麼是快樂了。他們以為快樂就是狂歡作樂、冶遊嬉戲。不是的，真正的快樂是一種怡然自得、單純寧靜的心境。

前者教他們如何尊重生命，後者教他們如何享受生命。而一個懂得尊重生命又懂得享受生命的人，自然能將他的一生經營得豐富有餘。

積極生活

你這一生想過怎樣的一種生活，全靠你依持怎樣的一種生活態度。

很多時候，我們的生命瀕臨破碎絕望，如果我們一直停留在自憐自怨、自悔自恨的境地，那麼，生活將變成一種無法負荷的重擔，也終將成為拖累他人的重擔。

但我們也可能因為對生活積極執著的態度，而使原本脆弱的生命，逐漸顯現它的韌性與耐力。其實，人的生命力相當具有彈性，我們所能承受的壓力和挑戰往往遠超過自己所想像的，只不過因為我們常常不瞭解這點，而過早放棄了堅持下去的勇氣。

人只有在目標和希望之下，才有可能獲得更多的生活意義和價值；人也只有在不斷的努力和追尋之下，才有可能體會成功所帶來的興奮和滿足感。

所謂成功，並不是在達到某一目標所得到的獎賞和榮譽，而是你對生命一點一點的發現和肯定，那種摻和著失敗與痛苦的歡樂喜悅，以及在挫折打擊下，屢仆屢起所展現對生命的尊重和敬畏，同時藉著種種奮發的途徑，使我們欣賞到生命的寬廣和豐富，活得更好、更快樂，這才是我們最大的收穫。

而在整個生命的歷程中，也不斷因著這些衝擊激發出生命的芬芳與甘甜，自然而然滋潤了我們自己，也滋潤了我們四周的人。

堅忍

逆境中的堅忍更勝過成功時的謙遜，
後者僅為品德上的修養，而前者——
痛苦中不呻吟，
貧困中不埋怨，
失敗中不頹喪，
打擊中不屈服，
則是人性的提煉與昇華。

自我追求

如果你要追求更完美的人生，你就需要不斷超越自己，提昇自己。

不止是知識學問上日有長進，同時你也要能勝過個性上的缺點以及許多壞習氣，當然不可能一夜之間成為聖人，但你要一點點克服它。不要找藉口體貼自己，原諒自己，沒有哪一種「天性」是不能藉著後天的學習及自我教育改變的。

超越你所曾犯下的錯誤，以及因為錯誤所帶來的失敗，不要把自己一直陷在懊惱悔恨之中，否則，它會成為你一道永遠抹不掉的傷痕。如果外在客觀環境一時之間非人力所能抗衡扭轉時，你要安靜忍耐，從困境中磨練自己，掌握時機，因勢利導，說不定橫逆反而變成你成長的一分助力。

對於他人的魯莽無知以及惡意中傷，除非你能很快忘記，或是一笑置之，否則，你給自己的傷害遠勝於別人加給你的。

當失意或沮喪的感覺臨到時，你要抵擋它們像抵擋洪水一樣，萬不可放縱自己沉溺其中，不要等到大水淹到頭頂時才來求生。

你也要努力克服生活的倦怠感，不要扼殺你對陌生事物的好奇心，不要為自己偶發的童心感到羞恥，因為這些都可能是保持你生命活潑的動力。

慾望往往如脫韁野馬，你要懂得駕馭它、調理它。強烈的慾望也正代表一個人強烈旺盛的生命力，不要壓抑或限制它，而是以一個適當的管道來疏導，將一己之私慾催化為對公眾的熱誠，自我理想的追求，生命的層面便更形擴大。

而不論發生什麼事，你都需要學習以泰然與坦然的態度來面對，給自己乃至別人一張清朗的笑臉，你會發現你的世界逐漸臻於和諧圓滿，你的生命更加成熟美麗。

盡心而已

往往因為生命裡有太多我們想要得而得不到的東西，使我們飽受失落的難堪、痛悔和傷心，生命遂有了種種缺憾和不癒的創口。

從小我們就不斷被教導如何去「得」，得父母的歡心，師長的喜愛，得第一名，一張好文憑，一份好工作，得女孩子的青睞，得更高的社會地位、聲望……卻從來不曾有人教我們「盡心」。盡心，實在是生命最大的祕訣啊！

盡了做人的本分，儘管不夠周圓，也盡可以坦然；資質不同，天賦有異，但我們盡了心，便是拿不到一百分又有何妨？衷心喜悅的女子縱然不能廝守終生，然而今生今世能夠傾心一愛，也足以不負此生，又何苦一定強求？

如果不明白這點，一味想得，那麼，很可能是不曾得到的時候，我們唯恐得不到，得到之後，又唯恐失去，結果，我們給自己製造了太多的壓力，太多的緊張焦慮，我們用自己的手一點點摧殘扼殺自己。

有時候又因為太急於要得，便傾注全部生命，即使有一日如願以償，卻也無意中錯失了生命中許多良辰美景、笑語歌聲。於是，我們只好再去尋找一個目標填補這個空洞。

倘若凡事只求盡心，便得之也安，不得也安。路是無限寬廣，何處不能落腳不可舉步？沿途自有不盡的好山好水好風情！

人的貪慾是一切痛苦的根源。我們要的越多，就越得不到滿足，失望就越大，挫折感就越深，我們就越不快樂。

盡心，則是一種對生命誠實、負責的態度。

走向自己

很多時候，你寧肯從人群中退隱出來，找一個僻靜地方，獨自守著自己。

把所有的人與事都屏棄在你的世界之外，沒有任何干擾、侵襲和阻礙，你享有絕對的安靜與自由，任由你的思想、心靈與情感四處飛翔或漫遊。天地無限的延伸出去，你可以從生命的最深處撞擊到生命的最寬廣處，將你自己裸裎在你面前。有時，你幾乎不敢相信那就是你自己，似乎很陌生，有些尷尬，有些錯愕，有些不敢置信，似乎你並不像你自己想像的那麼完美，卻也不十分糟糕。你開始重新省視、面對並接受這個個體。

孤獨，就是這樣的一種探索與完成。

自憐

少年時，我們埋怨面貌不夠姣好，心事無人解。

壯年時，我們感慨懷才不遇，壯志難伸。

暮年時，我們歎息歲月虛度，老而無用。

一生中，我們經常把自己沉湎在一種自憐的情緒中，尋求一點自我的安慰。

一個人如果只看見自己的傷口，就看不見別人的傷口。

一個人如果只顧念關心自己的傷口，就永遠跳不出自憐的漩渦。

乞望別人同情，是自憐的第一步。

同情猶如債務，背負得越多，你就越抬不起頭來。

那個地方

對於那個地方竟然有著一探究竟的好奇。

到底是怎麼樣的一個地方呢？為什麼總被人形容得那麼恐怖可怕，雖然說的人誰也不確切，因為誰也不曾去過，而去過的人也不曾再回來過，不過都是憑空臆測罷了！

是不是世上有太多的東西叫人捨棄不下，比如名利、權勢、愛慾等等。儘管我們在人世間也飽嘗各樣磨難痛苦、百般纏累，可是辛苦一生，到頭來叫人全盤放下，卻是怎樣也難以甘願。偏偏不論你願意與否，時候到了，非去不可，無分達官貴人或是販夫走卒，倒是一視同仁，無人例外，絲毫沒有可以通融的餘地，這才特別顯出它的冷酷無情吧！

倘若知道那是一條必行之路，人世的勞苦轉眼成空，那麼，活著的時候不那麼斤斤計較利害得失，不那麼虛榮驕奢，心懷不平，是不是就可以走得坦然一點呢？倘若該盡的心都盡了，該付出的都付出了，是不是也可以無牽無掛，走得安心一點呢？

總是好奇的臆測著，不知這一步跨過去會是什麼樣的世界？是一片黑暗還是一片光明，是完全的歡樂還是完全的痛苦，或是什麼都沒有，只是一片混沌，一片虛空，猶如宇宙未創之先？

這樣的謎，這樣的不可解，倒真叫人費猜疑呢！

兩種人

有一種人寧肯對前程一無所知，糊裡糊塗走下去，怕的是知道了前途艱險，便失去了舉步的勇氣。

另一種人卻是寧肯知道最壞的情況，先做心理準備，提昇勇氣，步步克服，也比暗中摸索，盲目等待的好。

前者活得平安，後者卻活得鮮猛生動。

成長歷程

不要太過於保護你的孩子。

你要他們成長，要他們獨立，有時就必須狠著心腸把他們推出去。讓他們去承受風雨的肆虐，去跋涉泥濘地的狼狽，也讓他們嘗嘗被拒絕、被羞辱、被不足所困的滋味。所有的這些打擊、眼淚，以及因為錯誤付出的代價都能幫助一個羸弱的生命更堅韌、更具備承擔的勇氣，並且在挫折失誤中去分辨，調整自己的腳步，學習包容，以及接納別人，因而有一個更開闊的胸襟，懂得欣賞萬物，珍惜自己。

所以，不要心疼他們受苦，不要擔心他們受傷害，只要你給他們一個隨時可以回來流淚、將息傷口的地方。

孤獨

你的世界越喧鬧，你就越看不到自己，你所獲得的采聲越多，你就越容易迷失自己。

孤獨是唯一能把你從紛擾的世界找回來（或抓回來），並且使你逐漸清明的時刻。

山的迷失者

人為了表示自己的存在，便不甘寂寞的帶著喧譁進山，告訴山我來了。他們大吃大喝，大吵大鬧，然而呼嘯而去，留下一大堆垃圾。然後他們告訴別人，告訴自己，我去看山了，其實至終他們什麼也沒看見，只有一顆顆茫然無措的心靈在山水之內或之外無處安置。

鋸樹

樹還是鋸了。

颱風夜裡，樹在狂風急雨中掙扎呻吟，搖搖欲墜，心懸了一夜，深恐一個連根拔起，整幢房子便一起犧牲。風雨過後第一件事就是鋸樹，也非鋸不可，樹已經給吹得東倒西歪、七零八落，折斷的殘枝橫在院中，路都走不過去。

既然鋸，就乾脆把所有的「頭髮」剃光，一根不剩。失去濃蔭遮蔽，院子突然之間空曠起來，陽光曝曬，枯枝獨照，竟然有著古墟般的荒涼空寂，令人有種怪異的感覺。莫非生命失去那些光鮮生耀一如綠葉似的特質，也是這般光景麼？

歲月

和歲月較量，我們不一定是輸家。

在月盈月虧、花開花謝、雲聚雲散之間，我們逐漸輸去飽滿的額頭，紅潤的朱唇，柔細的烏髮，彈性的肌膚，挺直的背脊，矯健的步履，不知不覺消失不見的精力，還有過目不忘的本領。我們也同時可能輸去雄心壯志，敏捷的反應力，對周遭事物的好奇心，克服困難的勇氣以及躺在草地上做夢的權利。不過，這些在很多人年輕的時候就已經喪失了。

然而，隨著白髮的增加，我們的智慧也同時增加。看盡世事的雙目不再明亮，人情卻更練達；心臟儘管跳動得不再那麼強勁有力，胸懷卻更寬廣；記憶力不再清晰，知識卻豐富多了；速戰速決的魄力消失了，換來的是客觀的分析，冷靜的考慮，十足的勝算。遊不動山水，山水自在心中，在時光的流逝中，我們滌去那些尖銳、急躁、浮華、衝動的個性，變得溫潤謙和、睿智而且懂得平安是福的道理。

最後，歲月可以贏去我們的生命，卻贏不去我們一路留下來的歡聲笑語，我們的祝福，無盡的愛意。

登高

山上沒有樹，全是半人高的芒草，在風的鼓動下，極具韻律之美。

車子沿著陡峻的山路攀爬，芒草有如潮水般在山路兩岸洶湧，我們御風而行，彷彿有祥雲千朵自腳下生起。

及至山巔，天空如千噚大海，深不可度。風狂烈，雲急走，大台北歷歷如豆。

原來你朝夕生活的世界濃縮成一張地圖，你所熟悉的家以及工作場所都化成地圖上的一個小點，有人找到，有人甚至找不到。而生命中那些曾經執著曾經愛戀曾經難捨難忘的點點滴滴，竟然在歲月的地理圖籍上無跡可尋，無脈可理，心中不免一驚。
天地無限，我把自己風化成石。

再造自己

寫作，其實就是作者生命的流露、展現與再造。

寫作的技巧不難，難的是你給你的文章賦予什麼樣的內涵。而內涵，直接來自你的生命。

你的生命灰暗、悲觀消極，對人生怨懟不滿，筆下自然晦澀不明，愁雲密布。

你的觀念偏激，心胸狹窄，心理障礙不平，寫出來的東西免不了憤世嫉俗，扭曲偏差，充斥狂妄暴戾之氣。

同樣的，你的思想貧乏，心靈空虛，你根本不關心周遭的人和事，又怎麼能寫出有內容、有感情、有生命的光和熱的文章呢？

寫作，就是這樣的一種對內的省視調整，對外的出發與完成。在經營一篇文章之前，恐怕還是得先經營自己的生命吧！每一篇作品的完成，也就是作者生命的再一次創造。

不懂得防衛自己，會受到很多傷害。

太懂得防衛自己，又會造成一道藩籬，把自己孤立。

怎麼樣適度的保護自己，卻又不致把自己隔絕，進退從容，倒真是一門學問呢！

受苦

人人都以為受苦是一種磨難、打擊和損失，不知道受苦其實是一種獲得、領悟與生命的再造。

一個人生活得太順利，免不了自高自大，任所欲為；一個人生活得太富足，免不了驕奢傲慢，崇尚虛華。生命如果沒有一點波折，一點阻礙，人就很容易沉溺在自我滿足的世界裡，無法超越精進，而生命的停頓就是死亡。

受苦，雖然有時徹心疼痛，卻能刺激我們神智清明，性靈覺醒，在「痛定思痛」之後，教養我們的內涵，修正行為，調適自己與天與人之間的和諧，這便是一種進步，一種成長。

我們受苦，有時候是因為違反自然律。放蕩酒色，暴飲暴食，腸胃一定受損，身體吃虧；捨大路而就險徑，出事的或然率必然增加。你不遵守自然的法則，上天也往往藉此提醒警告，免得因為我們的愚魯無知，造成更大的傷害損失。

我們犯錯，不論是無心還是有意，最後都必然去承受錯誤所帶來的結果，或者是一種教誨管束，或者是上天給我們懲罰，好叫我們省悟，及時回頭。因此，受苦也往往無形中化解生命中許多未見的窒礙困厄，幫助我們成為一位通達睿智的人。

有時什麼原因都沒有，受苦單單只是上天為要磨練我們的心志。不斷的挫折以淬煉我們生命的彈性與耐力，不斷的打擊以造就我們生命的堅實和強韌，流血的胸口是為了我們更能體會他人的創痛，更貼近人心，更溫柔的擁抱大地。

正因為受苦，我們瞭解人的有限，便對上天多一分敬虔莊重；也正因為受苦，我們看到人的無限，便對生命多一分珍惜尊重。小苦小智慧，大苦大智慧，我們的生命就是這樣受益的呀！

自己的流域

夜色下的河流像一條黑色絲帶，在微光中閃閃發亮，極柔靜極細膩，幾乎看不見它流動的痕跡，可是你知道生命的軌跡正隨同它緩緩流動，流過許多悲喜的交替，許多生死的輪迴。或風平浪靜或濁浪排天，或一瀉千里或崎嶇曲折。我們總會過去的，免不了有許多傷痛，許多眼淚，許多歡喜和讚歎。

我們越過山陵，漫過田野，有時獨自奔波，有時與其他河流一起匯集，沿途自然有看不完的風景，或美麗或醜陋，或純淨或污濁，有一絲愛戀，有一絲憐憫，有一絲無可無不可的泰然，我們無從選擇，因為這是我們的流域，在它緩緩流淌的過程中，我們學習接受它，嘗試著愛它。

人權

我們喜歡別人愛我們，
聽我們的話，
接受我們的意見，
服從我們的命令。
我們喜歡別人和我們觀念一致，思想一致，喜好一致，步調一致。
我們喜歡別人向我們認同，如果他不肯，我們就千方百計改造他；再不肯，就千方百計壓制他；再不肯，就千方百計消滅他。
人類的戰爭緣由於此。
所謂的民主，只有一句話：「儘管我可以不贊成你，卻不能不尊重你。」

生而為人，自有人的尊嚴和價值，這是上天賦予的權利，無人可以剝奪。

抉擇

有時候我們真是覺得路已經走到了盡頭，彷彿再跨一步便是萬丈深淵，粉身碎骨。

然而，就在這一步之後，天地大開，心胸大展，另又是一番朗朗乾坤。

問題就在這跨與不跨之間，你的膽識，你的機智，你的決斷力，乃至於你對自己、對上帝的信賴。

輯三

生命讚

雨蟬

有一種蟬，似乎特別喜歡雨天。

雨一落下來，牠就鳴叫了起來，彷彿是一種奇特的電碼。你聽：「嗞！嗞嗞！嗞嗞嗞！嗞——」是要告訴我什麼特別的訊息嗎？是訴說雨水的清涼嗎？還是跟愛人的山歌對唱？也許我是太會幻想了，牠可能只是單純的一種快樂的表現，生命的流露，就像人在洗澡時不也下意識總喜歡「唏唏——」地唱起來嗎？

我不知道牠的名字，只管叫牠「雨蟬」，牠也從未反對。

我喜歡雨蟬，喜歡牠雨中的歌唱，唱得滿天陰暗都沒了。

晨光

天仍然很暗，沒有蟲聲，沒有鳥聲，只有溪水嘩嘩地流著，大地仍在沉睡。

如同水一樣，光一點一點從厚厚的雲層滲透進來，漸漸地，山朦朧地浮現了，霧還在樹林裡夢遊，迷迷糊糊的。鳥開始低語，不，不是振喉高歌，只是悄悄話，就像你剛起床怕吵醒誰似的輕言細語。

你打開窗戶，凜冽而新鮮的空氣有如冰凍過的黑松汽水，又涼又甜又辣，你深深的吸幾口，讓你的每一粒肺細胞都漱漱口。

天空從暗灰泛白，越來越透明，霧一層一層揭去，終於露出漂亮的藍臉，陽光一下子張開眼睛，嚇你一跳。

鳥噪切起來，人聲、車聲也次第響起，你對自己說一聲早安，也對神說一聲早安，謝謝祂又賜給你一個新的日子。

力量

信心是幫助我們站起來的力量。
勇氣是幫助我們跨出去的力量。
而恆心則是幫助我們不致半途而廢的力量。

對自己承諾

永遠不要對自己灰心，永遠不要看輕自己。

當然，很多時候，你可能因為一時的挫折而懊惱，一時的失敗而自責，但是千萬不要把自己陷入一個萬劫不復的地步。

你仍然有東山再起的機會，你仍然有扭轉乾坤的可能，只要你不放棄自己，不對自己失望。

當痛苦打擊臨到時，你要鼓勵自己，振奮自己，安慰自己。你是你最好的朋友，沒有人比你更能幫助你自己。不要等候別人拉你起來，你自己就可以。

只要你下定決心有所作為，你就一定可以做到，這是你對自己的許諾，也是你對自己的信任。

靈犀相通

我們看到一本好書，心中感動，作者的思想竟然和我們那麼接近。我們看到一幅好畫，似曾相識，彷彿那幅畫早已存在我們心中許久。我們聽到一首好歌，一段好曲子，心弦震動，不能自已。竟然以為這是單獨為自己作的，為什麼這樣瞭解自己的心意呢？

儘管我們不認識他們，甚至他們有的早已去世幾百年或幾千年，但這些文字、色彩、音符中彷彿有種神祕的電碼流動，竟使我們很快進入他們的心靈深處，觸摸到他們血脈的躍動，思想的起伏，他們的愛恨與哀樂！

就好像林中的白頭翁，我們看不見牠，但是聽到牠的啼聲，就知道牠的存在。

身在遠方的朋友，多時不見，疏通音訊；但只要這分關懷的情愫及心意存在，便好像仍在身邊一樣。

快樂人生

如果你能忍受挫敗，如果你不怕生活中一些瑣碎的干擾，如果你有勇氣去擔當一些較大的責任，你就能獲得一個滿意的人生。

如果一件事令你有更好的感覺，那麼就不要猶豫，積極地去做，並且充分利用你的所有，這樣，你就能享受一個完全快樂的結果。

笑靨迎人

帶著一張微笑的臉，面對你的生命，面對別人的生命。

對著鏡子練習，讓自己看看這是一張多麼令人愉悅的臉。不要鎖起你的眉頭，不要把你的臉陰沉得有如暴風雨即將來臨的天空。

不要忘記，情緒是最容易感染別人的，任何暴躁的脾氣，乖張的行為，粗魯的言語都是一種「公害」，污染了別人的心田。所以，不要讓你的不快影響別人，不要把你的重擔加添在別人肩頭，人間的苦難已經夠多了。

盡可能帶著一張笑臉出門，盡可能使你四周的空氣輕鬆、活潑而愉快，你要知道，分擔的擔子是輕省的，分享的快樂是加倍的。

有歡笑的地方，就有愛，就有溫暖。

新朝

每一個新的日子都是一個奇蹟，一次生命的復甦。

當我們從沉沉的睡夢中清醒，陽光溫暖地灑在身上，我們能感覺到肺腑重又起伏，血液重又流動，細胞重又活躍，面對另一個日子的挑戰，我們重又覺得精神百倍，神采奕奕！

趕路的人要將他的擔子放下，才能獲得完全的休息。太多時候，我們將昨日的憂愁煩惱，沉沉壓肩，卻又將明日未曾臨到的恐懼疑慮也提早背負，終其一生，我們汲汲營營、栖栖皇皇。如果你懂得如何交託你的重擔給神，你必能從祂那裡支取生命的力量。

每一次的休息，只是為了另一次的起步。今晚，且讓我們放下困乏的心，疲憊的腳；明日，朝陽仍會升起。

夜

夜色深沉中，你靜靜躺著，四周沒有一絲雜音。

你幾乎可以感受到大地躍動的脈搏，溪水就在你的血管湍流，風在你的胸腔迴旋，你能聞到青草的味道。

溫柔的夜像一張羊毛褥子輕輕覆蓋下來。

你感到一陣輕適的暖意，不知不覺就溶進夢裡。

生命讚

在快樂順暢時歌唱，是一種本能的反映，心緒自然的流露。
惟有在痛苦橫逆中仍能發出讚美的歌聲，則是一種人生修養，生命的超越和再造。

所謂幸福

你要說生命是一個謎也好，是一個未知數也好。

永遠有太多的可能或不可能已經發生或等候著發生。我們一路行去，懷著期待與莫名的好奇，以及懷疑與忐忑不安的焦慮。或歡然，或哀愁，或美麗的喜悅，或鐫刻在心頭久久無法消失的創痛。

許多交纏不清的愛恨，處理不完的恩怨。我們有時亢奮十足有如出征的勇士，有時灰心喪膽如喪家之犬。就在這種種美與不美、好與不好、快樂與不快樂、完整與不完整的交替中逐漸長大，年華日老。

免不了有許多小小的歎息和怨悔，免不了有許多獨自面對牆角的眼淚。一路行去，有些腳印與我們同行，有些與我們交錯而過，更多時候，只有我們自己的一雙，獨自走在自己的路上，四顧茫然，卓然而行。

其實，所謂人生的幸福，無非是怎麼去維護，盡量不讓自己受到太多的傷害，盡量不讓那些殘酷醜陋的事事物物在記憶裡造成無法抹去的痕跡，盡量不讓自己——

在臨去的剎那，留下太多的憾恨。

似水流年

今年開始，光潤的臉頰開始出現細緻的紋路。

美容專家說，要想臉上不生皺紋，最好的方法就是不要笑。當然也不要哭，不要發怒、哀傷，更不能激動。因為這些表情都會牽扯到面部的肌肉與神經，皺紋就是這麼養成的。

問題是，人是感情的動物，既不能忘情人世，免不了有所愛有所憎，有所喜怒，發諸於內，形諸於外，原是最自然不過的。倘若克制自己，該笑的時候不能開懷暢笑，該流淚的時候咽聲不語，只怕原該生在臉上的皺紋全生到心上去了。而抽掉生命中那些可以感應可以回應的成分，空留一副完美無瑕的殼子又有何用呢？

暴風雨

你看到天空的黑雲匯集，當頭壓下；你看到狂風捲起，飛沙走石，一剎那天昏地暗、雷電交集，你免不了會驚惶恐懼，預知有一場暴風雨即將來臨。

及至暴雨雷霆般的落下，你的心反而放鬆，最壞的時刻已經來了，還有什麼可怕的嗎？

更何況，你知道它總會停的。

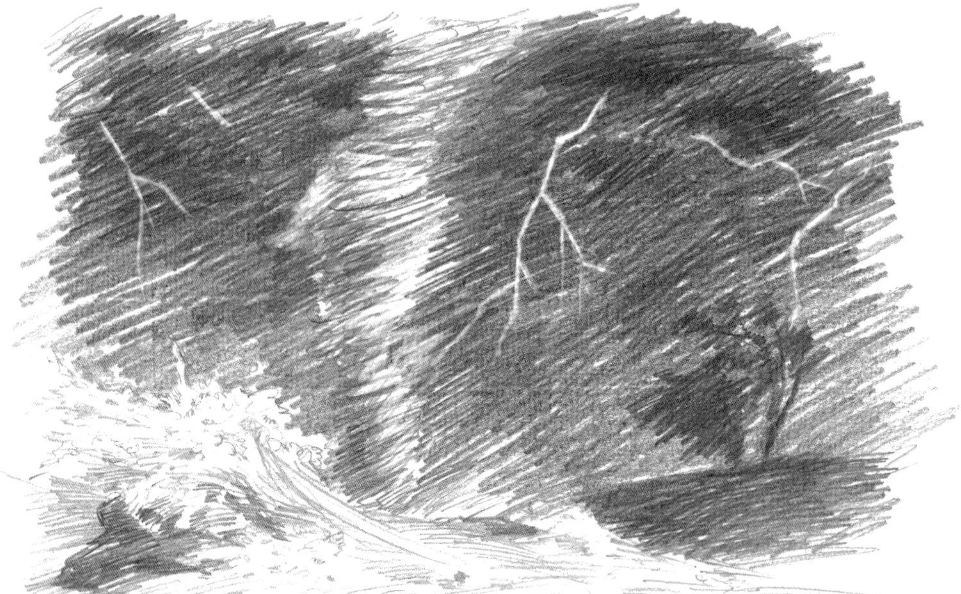

繁華

站在大屯山最高之處，整個大台北盆地一覽無遺。

左手一脈青山起伏如手臂般環抱台北在懷，極目之處，淡水河如絲如縷蜿蜒而下，漸行漸寬，與海結合，海天相連，消失在一片雲霧迷濛中。右側觀音山半躺臥在水之榻，伸腳向雲天深處。房舍街道便在它胸前羅陳如星如棋，其間多少生老病死、愛恨恩怨、悲歡離合，到頭來繁華落盡，千燈寂滅，也不過春夢一場！

山恆在，水恆在，無常的原是人間啊！這樣一想，登時靈台清澈，心溫柔似水。

生死

活著的時候，疑慮牽掛著死；死的時候，又眷眷戀棧著生。無怪乎有太多的人一生都活得不安然，活得好累。

甦

極喜愛「甦」這個字。

路走到了盡頭，進退兩難，忽然柳暗花明，絕處逢生；大夢沉迷、屢勸不醒，忽然醍醐灌頂，靈智清明；大旱到了極時，忽然一聲春雷，甘霖普降，萬物欣然；心如槁木，萬念俱灰，忽然一個頓悟，重新滋發生趣。

正因為有死亡的威脅，我們才知追求生之喜悅；正因為有嫉恨的可怕，才有愛與關懷的需要；正因為人生有種種缺憾與不完美，我們才不斷去超越、去創造、去提升自己，並且從種種發現與獲得中享受生命一再更替的滿足與喜悅。

一個生活得太過順遂幸福的人，是很難體會「甦」這個字的真義。

追尋快樂

工作如果只有責任，沒有快樂，工作本身會成為一種重擔，一種苦役。婚姻如此，生命亦如此。

人在不斷追求成功的終極目的，是為了尋找可以使自己生命發揮、心靈喜悅的那分滿足感。

其實，追尋快樂不需要那麼繁複的過程，快樂就隱藏在最單純簡樸的事物中，只是你需要剝去一切貪慾的外殼，才能進入它的核心。

物外

總聽見有人說寫文章要言之有物，豈不知這個「物」字也是陷阱，把你陷在他人的思想範疇裡。

所以，看到言之無物的東西也不是壞事，可以給你心靈更多自由。

夢坊

陪朋友夫婦看一塊地，他們想種蘭花。

車子一直往山裡開，層層山巒經過多日沐浴之後極其清爽潔淨，容光煥發，看了真是叫人從心裡喜歡。

山裡有許多空房子荒寂在那裡，看來再青翠的山崗都抵不過霓虹燈的吸引力。也應允自己，當世上的責任可以放下時，就在山裡找一間小木屋吧！小木屋就叫「夢坊」吧！每日看山看雲，織我的夢，單純的只為自己活一次吧！

我喜歡山，有一日當我大去之後，就把我的骨灰撒在山裡，不需要告訴人，只要山知道我的去處就行了。

流泉

在看書時、寫稿時，或極其忙碌工作時，會突然被自己嚇一跳，發現自己居然在唱歌。腦子裡絲毫沒有想到要唱歌這種事，但不知為什麼聲音就自己流出來，感覺上好像別人在唱，卻借了自己的喉嚨一樣。

特別是在夜深人靜的時候，猛然察覺音符已經滑出喉管時，必須趕快制止，免得驚擾四周的人。

完全不是正統的唱法，歌詞時有時無，調子張冠李戴，通常也只有幾個音節。也不全是快樂的時候，不快樂時也同樣會唱，彷彿身體裡的某種成分匯集成泉，趁著你塞子沒塞緊時，一個不注意就冒出來似的。

童心

失掉童心是一件極其可悲的事。

因為你同時失去了新鮮、好奇的心理，冒險犯難的精神。

以及，隨著新的發現而來的興奮和喜悅，新的嘗試而來的刺激與快感。

最重要的，你失掉了那種單純的快樂。

忍耐

忍耐是貫穿一切美德的基石。
它使我們愛心持久，信心穩固，熱情不致消散。
推動我們通過風雨坎坷一步步向理想挺進，並且在重重苦難中仍能發出喜悅的歌聲。

有花香的夜晚

我們一路往前走，陣陣花香迎面襲來，及至走近，才發現有株桂樹靜靜佇立在園中一角，細碎的象牙色小花，在夜色下像是許多透明的小光點，香氣便像光束一樣淡淡向四方投射出來。

在一切安靜中，夜是凝止的，樹是凝止的，花香也是，只不過因為我們行進所鼓動的氣流將花香如波濤似的一波一波沖激過來，也攪亂了這一片寧靜的夜色。

華年

去年離開山居時，窗下的桐樹剛剛落完葉子，枝柯橫陳，了無生趣。今年回來，只見翠華如蓋，軟枝搖曳，分外的年少精神。

草木青青，一年繁茂一年，為什麼兩鬢蔓生的白髮卻無復它的烏亮，寫上紋路的額頭再也不見它的潤滑呢？

桐花盛放，雖然極其短暫，卻年年自有它繁華如錦的一刻，而人的青春怎麼就一去不回，那些流失的歲月都到那裡去了呢？

天地不老，老的是人心啊！

無為

樹上有一隻翠綠色的小鳥，看了牠一個早晨，手上沒有鳥的圖鑑，認不出是什麼鳥，其實，即使有，也不想認真去分辨。

有時候，就寧肯讓自己的心這樣無知的空白著，就好像平滑如鏡的湖面，倒映著山水，不探索什麼，也不詮釋什麼，只是單純的倒映著，然後從那一片天光雲影中看到自己。

修煉

很多人總以為要隱身山水僻靜之處，方能修心養性。

其實，這只是一種眼不見心不煩的逃避心理。

真正的修煉是在塵世之中，人群之中，七情六慾之中，百般磨難之中，動心忍性，勞苦耐煩，不為得失所制，不為名利所惑，世界可在你之內，亦可在你之外，心境自然清澄如水。

什麼時候你能眼煩心不煩，你就已經自然悟道了。

秋實

秋天是結果子的季節，所以樹就結了一樹的果實，遠遠看去，簡直比葉子還多。

果實比花生米稍大，初結是綠色，慢慢變成黑褐色，大概就是成熟了。成熟的果實招徠一大群不請自來的小鳥，不是常見的麻雀，而是比麻雀略小，暗綠色背脊，黃綠色肚腹。因為果實多，每隻小鳥都吃得腦滿腸肥，近乎球形。不見其可憎，反倒笨拙可喜。

果實有層堅硬的外殼，小鳥的尖喙嗑開，吃掉裡面的果仁，把殼子丟下來，就好鋪陳了一地的瓜子殼，走過上面會嗶嗶啪啪響，很像冬日裡木柴燃燒的聲音。

果實終於吃完了，小鳥飛走，樹又恢復它一貫的沉默。

自癒

溪谷對岸曾經坍方的那一角坡地，這次回來完全找不到了。

去年夏天，沒有什麼颱風，可是有一陣子雨下得厲害，有一處山坡便在連日霪雨中坍陷了一角，露出光禿禿的黃土層，在滿山青翠中特別刺眼，想到大自然也是滿脆弱的，何況是人。

可是一年不到，黃土層不見了，分不出是四周的樹林茂密得把它遮住了，還是它自己又滋長許多新生植物。草木青青，天衣無縫，完全看不出曾經受過傷的痕跡。

上天給予大地最好的禮物就是自癒的能力，人也一樣。任何傷口在時間的醫治下都會逐漸痊癒——除非你一直去刺激它。因著這分恩賜，我們才能從淚眼中重拾歡顏，從顛仆中重拾舉步的力量。

變

一夜之間，氣溫陡降，清晨開窗，風如冷泉，青草和樹葉的味道也像灑了薄荷似的透著辛辣。

寒流中，整座山好像都冰凝住了，連鳥聲都沒有，無怪這麼安靜。

回到起初

我們總說要「回歸自然」。

其實，我們真正要回歸的是順應天意的怡然，不忮不求的坦蕩，不患得患失的自在；不矯飾，不偽裝，不刻意求工，以最單純原始的心與天地應和。

在混沌初時，人的生命原是與大地的生命合而為一的。

輯四

哲學家

年終

面對著一年最後的一日，你是否有種淡淡的悲哀？

時間真是這樣毫不留情，匆匆而過。彷彿我們還未曾好好享受它、利用它，它竟然以迅雷不及掩耳的速度結束了。

這一年，不管你喜歡它也好，討厭它也好，它已經逍逝，永遠無法退回。你的快樂、你的憂傷也將隨時光的腳步逐漸被塵封在記憶中了。

一天天，一年年，孩子成長，青年茁壯，壯年衰老，老年凋謝，生命的腳步也永不停歇。也許我們更睿智了，也許我們更頑愚了；也許我們更成熟了，也許我們更世故了；也許我們收穫纍纍，也許我們一無所有。

這就看日出日落，花開花謝，月圓月缺之間，我們是否注入一些什麼意義和價值，我們是否辜負了自己，辜負了神。

加多一點點

人，雖然生而平等，人卻為自己製造了許多階級。

於是，有了所謂的貴族與平民，所謂的上流社會與下里巴人；所謂的高級人士與市井小民。

我們其實不知道，財富容易使人迷失，智識容易使人驕傲，權力容易使人墮落。

我們有什麼資格批判別人？

有什麼資格攻擊別人？

反對別人？歧視別人？

因為我們比別人更好？更聖潔？更高貴？更聰明？更能幹？

不，我們也有卑下的情操，也有不潔的思想，也有失當的行為，也有錯誤的發生，也有軟弱和哭泣的時候。

我們都是人，誰也不比誰更好，誰也不比誰更差。

既然都是人，既然都一樣，為什麼不多一點點瞭解和尊重呢？為什麼不多一點點寬容和信賴呢？

我們愛別人，其實就是愛自己，因為每一個別人身上都有自己的縮影。

美與動人

生命的美不在它的絢爛，而在它的平和；生命的動人不在它的激情，而在它的平靜。

惟平和，才見生命的廣大；惟平靜，才見它的深遠。

寧肯沉默

在我們的生命中，當然會發生許多不愉快的事，我們不論是責怪別人或是責怪自己，都只會把這種不愉快擴大。

如果你是受了傷害或冤屈，不要在人前流淚，不要絮絮叨叨向人辯白。寧肯沉默，寧肯讓事情的真相自己顯露出來。

你的堅忍、你的謙讓遠比你的亟亟爭辯更能獲得別人的尊重和同情。

分辨

當我們面對一對乞援的眼、一雙求助的手，往往忍不住惻隱心動。但我們要仔細分辨，切不可讓我們的幫助成為他人自立的絆腳石。

不要因愛而姑息。

不要因同情而縱容。

過度的憐憫，除了滿足自我的虛榮心外，對他人一無益處。

當我們應該拒絕時，要狠下心說一個「不」字。

節制

高興容易使人輕狂；
得意容易使人忘形；
財富容易使人放縱；
成功容易使人驕傲。
所以，在《聖經》上「節制」和愛心、善良是同樣的重要。
不要忘了，魔鬼是最善於利用人性的弱點，當初他在引誘亞當夏娃時，用的是一隻甜蘋果而非酸橘子。
快樂的時候，要謹防跌倒。

歷程

生命的美不在目的，而在歷程。

為一個崇高的理想全力以赴，原是一件神聖的事。但萬不可忽略了生命的內涵包含了別的意義。

一個只顧低頭趕路的人，永遠領略不到沿途的風光。

繁采寡情

一個攝影家如果只講究光圈和距離；
一個畫家如果只講究色彩和線條；
一個音樂家如果只講究和聲及對位；
一個作家如果只講究修辭及技巧；
就如同一個人只講究外表，而忽略了內涵，或許他能吸引你於一時，卻無法持久。
「繁采寡情，味之必厭」，人生亦復如此。

把守原則

在現代人的生活中，我們就是寓言中「父子趕驢」的那對父子，不論我們怎麼做，都會遭致或多或少的批評和譏刺。

如果我們沒有一個自己的理想和目標；如果我們不能把穩自己的舵，並且堅持自己的航向，在茫茫人海中必然會迷失自己，隨波逐流。

我們不可能討好每一個人，令所有的人都滿意我們。因為每個人都有他自己不同的看法及觀念，我們無權左右他人，卻有權不受他人左右。如果對方的批評是出於善意，並具建設性，我們就應該謝謝他，並虛心接納。否則就充耳不聞，千萬不要因此影響自己，徒亂自己的腳步。

在眾說紛紜、莫衷一是時，我們要把守自己的原則，並且堅持到底。

慎

生活宜平淡。
為人宜平實。
處世宜平穩。
遇事宜平靜。
心境宜平和。
唯平淡易乏，平實易困，平穩易滯，平靜易呆，平和易懈。不可不慎。

輸

下棋時如果一味只想吃掉對方的子，卻不知先為自己布局，打好根基，那必然是破綻百出，為人趁隙而入，最後落得滿盤皆輸。

打拳時如果你尚未站穩腳步，便貿然出擊，很可能你尚未碰到對方，自己便先跌倒了。

人生亦是一樣。

適度

有一顆同情心是極其珍貴的。

但是千萬不要濫施同情，以免變成優越感的炫耀。

同樣的，關懷亦是一種美德，但切記你的立場。適度表示你的感情，而不是干擾，更不是干涉。

如果對方無意接受，那麼，就把這分心意埋在心裡，化為默默的祝福吧！

四季

即使在四季最不分明的地方，只要你細察，仍能感覺到季節的變動。春天的乍雨還晴，隱隱有一股地氣向上氤氳；夏日空氣滯留，燠熱悶燥，暴雨之後令人倏然一清，亦是快事之一。

秋季是最令人愉悅的季節。大氣中沒有一點阻力，彷彿天地在突然之間變得更開朗廣闊。就像我們洗了個好澡，又擦了一身痱子粉似的那樣乾爽舒暢。

冬天看似不露痕跡，卻突然一個寒流叫你猛不防挨了一拳。冬天的風有如帶了小鑽子似的，一直鑽到骨髓中，你忍不住呻吟一聲，粗話出口，什麼鬼天！

然而，你會發現，儘管冷，精神卻出奇的佳，頭腦特別靈活，這是冷的好處。

同樣的，如果你用心體會，你也能感受到別人心靈最細微的變化和起伏。

功成名就

當我們邁向成功之徑，往往被志得意滿的情緒所淹沒，以致逐漸失去質樸的本性。

最終，即使我們功成名就，亦不再是原來的自己。

自我肯定

你對你自己的肯定，遠比別人對你的肯定來得重要而實際得多。
可惜的是，大多數的人都本末倒置。
於是，他們生命的價值便在別人彈指之間。

哲學家

每一場人生都是一種哲學，我們都是大隱於市的哲學家。
所謂的哲學，並不是玄思空想，而是一種活生生的活。
怎麼想並不重要，重要的是怎麼活。

午後

就這樣坐在窗前，書攤在桌上，稿紙放在手邊，可是腦子裡沒有一個字鍵跳出來，你不想觸動任何一根神經或細胞。

因為，就在窗前，藍天出岫，青山如黛，陽光像瀑布一樣自天傾洩而下，山谷一片晶亮，你幾乎能感受到水珠打到臉上的疼痛。心中有一種說也說不清楚，極其溫柔，極其細緻，極其婉轉，似乎可以入詩，可以譜曲，或者可以釀成類似酒一樣的東西。

你模糊的感覺到應該工作，應該做一點什麼有意義的事。時間寶貴，不容浪費，這些你全知道，可是就像面對情人不可抗拒的呼喚，你無法掙扎，也不想掙扎，只是恣意的放縱自己，就讓生命什麼也不為的流淌出去吧！流成它自己的溪河，美麗或不美麗的。

在這晴好的午後，靜無邊的延伸出去，自窗前，自心底。

犯錯

誰都有犯錯的時候，有時是出於我們的疏忽大意，有時是出於我們個性上一些無法克服的缺點。

因為這些錯，我們白白吃了許多苦頭，失去許多機會，浪費許多時間，走了許多冤枉路。

其實，錯誤對我們並不全然是種損失。怕得是我們執迷不悟，一錯再錯；怕得是我們一直把自己沉溺在懊惱悔恨中，不敢自拔。

如果我們因為這些錯誤而有所警惕，有所分辨，有所取捨，有所矯正的話，那麼，錯誤簡直就是教導我們成長，攫取經驗，邁向成熟的睿智的老師了。

也正因為我們知自己會犯錯，知道自己仍然不夠完美，在面對他人的無知以及所犯的錯誤時，是不是也可以有一顆比較寬廣的心來包容呢？

安全距離

當一件急難發生時，你可能一時不知如何處理，那麼，你需要暫時等一下，免得你在惶急之中做了錯誤的判斷，悔上加恨。

當你為一大堆事忙得昏天黑地時，你也需要暫時停一下，以使自己的頭腦冷靜，免得過分的忙碌使你迷失了自己。

當你怒氣上升，雷霆之火欲發時，你更需要控制自己，暫時忍一下，免得你在失去理智的情況下，做出傷害別人傷害自己的事，造成終生的遺憾。

很多時候，我們需要給自己的生命留下一點空隙，就像兩車之間的安全距離，一點緩衝的餘地，可以隨時調整自己，進退有據。

靜

安靜是一種力量。

一股隱而未見、蓄勢待發的生氣。可以化險為夷，以退為進，以柔克剛，以慢制動，以守為攻。

只要你能真正安靜下來，你會發現這種力量源源不絕，而你的心靈亦能擴展至無限的廣大。

兩極

喜歡山的清靜，卻不喜歡它的蟲蟻蚊蚋。

喜歡都市的方便，卻不喜歡它的繁華喧鬧。

喜歡玫瑰就得接受它的刺，喜歡臭豆腐就得忍受它燻人欲嘔的氣味，喜歡生卻也不得不面對它的死，為什麼愛裡總有這麼多無奈呢？

你很難把你的愛恨一刀斬斷，界限分明，要就全盤接受，要就全盤放棄。很多時候，人生幾乎是沒有什麼選擇的，只不過從矛盾衝突中學習調整、包容，並且保持它的平衡點。

生的氣息

門口有隻不知被誰家車子輾斃的貓屍。整個身子都壓扁了，血漿混和著泥漿，慘怖可怕，令人欲嘔。

仍然看得出來是隻白色小貓，想必活著的時候也很可愛。有人說貓和女人一樣，不論牠們溫馴或發怒，都有一種嬌柔的媚態，即便怒極發狠，也只讓人覺得虛張聲勢的可笑。很少有人真正怕貓的。

而一隻貓屍卻這樣恐怖得叫人不敢逼視，也不過差了一口氣，為什麼生和死給人的感受就有這麼大的差別呢？

定

年少時，是無法忍受太過於安靜的環境，越是靜寂無聲越是煩躁不安，因為心定不下來。

年歲越長，越能在紛雜繁鬧的場合獨享寧謐沉靜之美，因為，心已超越形象聲色之外，再也不受外在環境的影響。

矛盾

本來是我們捨棄不要的東西，一旦發現別人強迫我們放棄時，立刻變得憤怒，忿忿不平，而且像是割捨最心愛之物似的極力維護，痛楚難捨。

靜與力

寧靜是一種力量。
是自恃的力量，也是決斷的力量。
是隱忍的力量，更是蓄勢待發的一股生氣。
最重要的，是它讓我們有分辨的智慧，有取捨的能力，因而可以活得
不卑不亢，不偏不倚。

面具

有的人笑，是因為他快樂。
有的人笑，是為了掩飾他的不快樂。
在這樣一個紛雜虛偽的世界，越來越難以分辨，擺在你面前的笑臉是否出自他的心田，或是經過精心的包裝？

無憾

看到好山、好水、好雲流蕩時，總也不忍收回隨山、隨水、隨雲而去的目光。因為知道這一切尚需有一副好整以暇的好心情方才顯出山是好山，水是好水，雲是好雲，兩者缺一，不是山水負我，便是我負山水。

而人世間一切可親可愛可眷戀可依依不捨的情愛，也無非如此，在某一時空的交會正好與某人相逢相遇，又正好兩心相許，兩情繾綣。你看青山多嫵媚，料青山看你應如是。倘若有一方交錯而過，豈不也是千古多情餘恨。

萬事萬物萬種情愛不都隱含一分可遇不可求的機緣嗎？能夠享受、能夠擁有時便珍惜得之不易，一旦乖別離散也是無憾。

靜的腳步

書攤在桌上，時看時停。

停的原因是感覺到「靜」似乎也有腳步似的，趁著你不注意時無聲無息的圍攏過來，幾乎叫人想伸手捕捉它一下，卻又怕驚嚇了它。

寧謐中，特別感受到它溫柔的眼睛，就在燈下默默陪伴。

鋸樹的老頭

為了鋸樹，竟然和鋸樹的老頭吵了一架

我只要把樹梢鋸去一點，免得樹大招風，颱風來了危險。可是他拿起鋸子就是四處揮砍，毫不容情，綠枝嫩葉紛紛落下。我急聲制止，告訴他我喜歡那一庭院的綠蔭，炎炎夏日的清涼，而這個古怪固執的老頭卻堅持鋸樹就是應該把一切枝葉鋸得乾乾淨淨。我不敢想像赤裸裸的樹光天化日之下是怎樣一副醜怪樣子，那還能稱之為樹嗎？

最後，我生氣了，拿錢給他，叫他別鋸了，他也火了，扔下錢和殘斷的樹枝掉頭而去。其實我們誰也沒錯，我的難處是一方面要遷就客觀環境的限制，一方面又極力想要維護樹的完整美麗，而這個老頭也只不過堅持他鋸樹的原則而已。單為鋸一棵樹，人與人之間便這樣難以溝通，遑論其他。

輯五

會說話的樹

桐花

五月的桐花總不由讓人想起北國的風雪，每一株樹都覆滿白雪，有不勝負荷的豐盈和厚實。

晴天的桐花和雨天的桐花不同。陽光下的花瓣白而亮麗，在光的折射下甚至近乎透明，彷彿隨時可能因為熱度蒸發化為氣體。

浸淫在雨中的桐花水津津的，如一枚熟到極處的梨子，飽含汁漿，唯恐輕輕一觸，所有的水分就一流而盡。

桐花極白，白到讓你忽略四周所有的顏色。

雨中的桐樹

油桐的葉子在細雨不斷中逐漸零落萎敝，好像浸了水的皺紋紙，濕答答的黏在一起，垂掛下來，有點髒兮兮的感覺，很難想像五月一樹桐花白得多麼素潔，超然塵外。大自然把它們好與不好、美與不美的一面一逕呈現出來，無所謂你喜歡或不喜歡。

初桐

三月，桐樹抽芽。新芽拳成一小團，遠遠望去，好似打了一樹的葉苞，又好似開了一樹的草綠色的梅花，鐵骨崢嶸，在斜風細雨中，彷彿有撲鼻的冷香暗暗襲來。

蠟染大地

梅雨之後，院中的水泥地生出許多青苔，濃淡不同，形狀各異，特別是人跡不到的地方爛漫一片。

水泥地因為年久龜裂，形成不規則的裂紋，雨水浸入，印成圖案，就像用畫筆勾勒出的線條。遠遠望去，深灰淺灰的水泥地，或疏或密的青苔，加上龜裂細緻的冰紋，整個地面竟如一幅蠟染畫，透出古雅迷濛的美感，且是墨痕猶存，水漬未乾。

忽然覺得，人生何處不可入詩，人間何處不可入畫？你透過怎樣的心靈，世界便呈現怎樣的風貌啊！

初雨

最是喜歡久晴之後的初雨。急雨打在泥土地上，翻騰起一股濃郁的土腥氣，有些嗆鼻，卻十分好聞（其實曝曬之後的土地也有這樣的味道，只不過夾帶腐草味，不若初雨時的泥土香醇）。

原來大地也有它的體臭，洗澡時才知道。

會說話的樹

有人不喜歡我院中這棵會落葉的樹。嫌它髒，嫌它醜，幾片萎敗的殘葉掛在逐漸光禿的枝椏上，確實有種破落頹廢的感覺。

可是我喜歡。不落葉的樹常令你習慣於它從不褪色的綠，因而忽略了隱藏在濃蔭之後的某些東西。有時簡直像是立體的風景畫片，剪裁在你的庭院或窗前，你或是看見或是沒看見。

而這棵樹，正因為它會落葉子，叫你不得不驚懼它的存在，在葉生葉落之間，看到時序流轉、生命的更替以及榮枯……

這是一棵會說話的樹呢！

鳥巢

鄰居清理庭院時，發現一個廢棄的鳥巢，拿來與我把玩。

鳥巢只有小孩的拳頭大，像一只深口罐子，用極柔極細的蔓草和枯莖一層層纏繞而成，完整而細緻。有意思的是巢底鋪陳了一層藍色的纖維，細細一看，竟然是紗窗上的尼龍紗，不知小鳥是否有辨色能力，即使有，何以不會和其他的蔓草和枯莖混合，而單單只鋪設在巢底？一時之間似乎有很多事情可以深思探討，卻又不知從何開始。

倒是一旁湊熱鬧的小孩歡喜簡單的說：「你看，小鳥給牠自己鋪地毯呢！」我一驚，會不會就是因為大人想得太多，才變得這麼複雜起來的？

大地跫音

在極靜之中，你還是能聽到很多細瑣的聲音。

風掠過樹梢，鳥鼓動翅羽，溪水流過岩石水花的破碎，甚至空氣走動……

即使什麼都沒有，你仍然能聽到自己內心深處生命行進以及思維活動的頻率。

冬日

冬日。

天不晴，不陰，迷迷濛濛，似雲非雲，似霧非霧，曖昧不明。

無風，無雨，無蟲聲，無鳥聲啾啾，天地突然啞了。山上的林木是一種沉滯的蒼藍和暗綠，間雜幾許枯黃，在薄暮的掩蓋下，更加混濁不清，遠遠看去，就像一張年代久遠的畫，墨色黯淡，紙張泛黃，絲毫吸引不起別人的注意。

晚間燈下，寒意漸漸從腳心沁入，書上的字句開始凝固，急急逃入被中，一臥天明。

落雨的晚上

落雨的晚上，你聽見雨水落在屋頂，打在地上，流在溝裡，掃過樹叢，所有的聲音時稀時密，時遠時近，逐漸匯集成一道音障，將其他的人聲、車聲隔絕在外，你遂被雨聲包圍，並且孤立。

這樣的夜十分孤單，也十分甜蜜，你忽然想要流淚。不是因為寂寞或是悲哀，而是在這樣一個隱密的時刻，心靈完全舒放，不需要掩飾情感，不需要武裝自己，只是單純而坦然的面對最原始的自己。有一點欣喜，有一點心酸，有一點若失若得的恍惚，淚就自然流下。

流過淚的雙目分外清明，而且嫵媚。

焚日

在極沉鬱的夏日午後，風凝止，空氣凝止，小鳥的鳴聲凝止，所有的花草樹木都凝止。有一種看不見的東西在大氣中燃燒，你能感受那分熾烈的灼痛。

不論怎麼突破，不論怎麼排遣，簡直無處可逃可躲，身體裡好像隱藏了一枚氫彈，氫原子不斷撞擊分裂，隨時都有想要爆炸的衝動，你努力壓制，希望自己乃至別人不要輕易觸動那根引信，大戰一觸即發。

在極度煩躁不安中，你開始尋求心的安靜，很難讓你的思維集中，總是像脫韁野馬不時要把它抓回來，在不斷抗拒掙扎中，野馬開始回籠、馴服下來，幾乎不易察覺的，你逐漸從那一團火熱中脫身出來，而後從容的俯視差一點把你焦灼焚化的世界。

走入書叢

極喜愛靜夜裡獨自走入書叢的這一時刻。

書的世界有如森林，廣漠幽深。或小溪潺潺，或眾鳥清歌；或高聳天際的奇松古柏，或委地蔓生的小花野草；或繁鬧或空靈；或生意盎然，或凋敝沉寂……

你是為學習大自然的知識也好，為吸收森林裡新鮮的空氣也好，或者你什麼也不為，只為享受這一分幽靜，好讓自己的心靈得到完全的舒放。

聽聽那鳥聲

冬寒已退，春雨剛歇，夏暑尚在遠方醞釀之中，天氣恰到好處，正是鳥的季節。

不知有多少種鳥類，也分不出哪一種鳴聲屬於哪一種鳥，完全沒有研究。甚至大部分時間也不見牠們的蹤跡，只是聽著牠們的鳴叫，猶如每天的日課。

大多數的鳥鳴都十分好聽。有的好似滿山滾動的玻璃珠子，圓潤輕脆，四處滑動撞擊，帶點孩子似的俏皮輕快。有的音質簡直像絲綢，那樣柔滑光潔而且有種亮麗的色彩。當然，也有的鳥叫起來像什麼東西摩擦鍋底似的，要不就猛然「呱」的一聲刺你一劍，特別是萬籟俱寂的時候，叫人不能提防。

大致說來，山鳥的鳴聲較為高亢、婉轉且多音階，水鳥則比較低沉粗嗄，有的就像你每天早上漱口時的「咕嚕咕嚕」聲。

有一種鳥極喜愛唱歌，常常一兩個鐘頭都不歇，切也切不斷的水流似的明快輕暢，且有水性的柔軟及韌性，往往把你沉迷不覺，忍不住讚歎生命是這款歡樂美好！

後來才知曉，那是相思鳥，只有公鳥找不到另一半時，才會發出那樣迫促的啼喚。於是，有的人為了聽牠的鳴聲，就永遠把牠們分開。

而我還一直以為牠是因為快樂才唱的。

從那以後，對鳥的不同鳴叫聲，我只做一個單純的欣賞者，不下任何註腳，免得把自己導向錯誤。

大自然所期望於人類的，大概也是如此吧！

看山

每日看山，日日不同。

倘若這一日心中凝重，便覺山顏肅穆，一派蕭索；換做心情歡暢，山光迥然一變，流麗婉轉，嫵媚動人。端看自身心緒變化，遂有山水陰晴之分。

心隨物而轉，物因心而變，便自有這種種愛嗔怨怒的牽纏，自苦苦人。若能跳出這一關，便山是山，我是我，物我兩忘，兩不相涉，卻又不免失之無情無味，人生難處，

看山，無非看己；賞月，何如賞心。莫甚於此。

四重奏

鑲嵌了星星的夜空是一首無言詩，美麗迷人，並且散放著神祕的光芒。

會落葉的樹是寫盡生死榮枯的小說情節，一直剖解到人性深處，連每一條肌骨都裸裎在你眼前。

秋天山崖水湄自生自長的蘆葦便是散文了，看來雜亂無章，卻自有它隨性而至的灑脫不羈，逍遙、閒逸。

而海，自然就是戲劇了。永遠高深莫測，永遠詭譎多變，有夢幻般的溫柔，也有猛獸般的兇悍，而不論你懂不懂它，都會不由自主被它強大的吸引力吸引過去，沉迷其中。

廢園

不知是誰家廢棄的果園，結實纍纍的蓮霧樹像是即將臨盆的產婦，不勝負荷似的垂低了它們的身子，滿地已經熟透的果實靜靜躺在地上等待腐爛，等待化為泥塵，回歸大地。

而這一切都在靜謐中無聲無息的行進著，果樹開花結實自生自落，在自然中繁衍它自己的生命。反倒是人為自己這樣踐踏大地，辜負上天的美意而羞慚，心痛難忍。

走入自然

畫家不親炙大地，怎麼畫得出好畫呢？

不同的地勢，岩層的結構塑成山山不同的造形，或嵯峨險峻，或靈秀靜婉，或奇峰崢嶸，或巍然聳立。不同的流域，水質的變化形成溪湖江海，或清婉如帶，或平滑如鏡，或狂波如濤，或淼淼蕩蕩。樹各自有其不同風骨，花各自有其不同姿容，四季變化，時歲流轉，在在使得大自然千變萬化，目不暇給。

山有脈，水有紋，木有性，石有質。你不接近，不觀察，不瞭解，又如何描繪風動雷響、生生不息的大千世界呢？

就好像你不懂人，不懂人的七情六慾，不懂人的愛恨恩怨、生老病死，何以言人性？不曾走入人群，貼近人心，不曾歷劫生死，剖心掬血，又何以言愛呢？

初霽

多日霪雨，終於放晴。

雲層仍然很厚，但經過光的透射，呈珍珠白，並且像是敷了一層銀粉似的剔亮。偶爾露出一小塊藍天，竟然汪著水的潤澤，許多大氣中水分仍然豐沛的緣故。

近午的時候，雲層漸稀漸薄，天反而變成極淺的灰藍色。陽光在山的凹處留下深淺不同的陰影，山便籠罩在金綠和靛藍的色彩中。因為光線亮，遠處的山便也輪廓分明。

鳥聒噪了一早上還不停。

曼陀蘿

山坡上一株曼陀蘿開得極其繁茂，巨大的葉子和白色喇叭形的花朵，一直從坡頂懸垂而下，遠遠看去，竟似一道綠色瀑布，白色的浪花翻湧其上。雖不聞水聲隆隆，卻自有一番奔騰之勢，尚未走近，就已經感覺那分迫人的力量，在空氣中沖激流瀉。暗香四溢，隱隱侵襲而至，淹沒山道兩岸。

山水無情

面對景色如畫的山水，常不自覺的在腦海裡尋找一些可以形容、可以寄託當時心境的詞句，便那樣苦苦思索起來，反而從眼前的山水之間走了出來。

其實，山水恆常在那兒，從萬古至今，靜默無語，不論你是讚美或是詆毀，喜歡或是討厭，接受或是拒絕，它恆常在那兒，亦不為你的喜怒哀樂改變絲毫。

山水本無情，有情的是人那一顆靈明剔透的心，會不會因為這樣的移情作用，反而忽略了山水本來呈現的面貌？我的意思是如果透過自我思維、情感意識的探討，人是否也把自己帶入一個自我塑造的山水世界呢？

山聲

山野在寧謐中也有其繁鬧。

你以為無聲，卻是眾聲沓沓。風聲水聲，蟲聲鳥聲，各有其不同音質音域，或高亢或渾厚，或輕柔或濁重，或緩或急，或剛或柔，抑揚頓挫，不一而足。

所有的聲音匯為一道音河，在廣漠的時空流動，無阻無礙，你不覺得有什麼突兀，因為它們本為山野的一部分，唯一擾亂山野寧靜的是人，人的聲音以及人的是非。

樹是鳥的家

一隻雛鳥跌死在樹前，我們才驚覺原來樹上有鳥窩，仰頭探尋，只見枝繁葉茂，雲深未知處。

整個下午就聽見母鳥一邊悲戚哀鳴，一邊在半空裡盤旋，飛得極慢，人走近了也不躲不逃，只是哀哀呼喚，倒教人不忍心去打擾牠，卻又不知怎樣慰藉牠。

春天裡樹又標高好幾尺，這附近就屬它醒目。真箇是樹大招風，一起風就看見樹幹左右搖晃，極不安妥。總說要鋸樹，可是一想到隱密在樹上的鳥窩，怎麼也狠不下心，明知颱風季節就要來了，總想等小鳥再長大一點再說吧！

迴響

山野的聲音，是人類心中最原始的呼喚。

每次回山，行囊盡量簡單。放下大城市的人情世故，生活的庸俗忙碌，思想的瑣雜凌亂，只帶著一顆單純的心親近山，傾聽山的言語，在你心中最直接最原始的迴響。

白鷺

一隻白鷺從窗前掠過，白色的羽翅自眼睛的餘光中一閃，恍如一夢。

可是我確信那是一隻白鷺。

山的變奏

山有多重風貌。

正午，太陽濃烈，光線直射，山的稜線顯明，陰影深厚而清晰，籠罩在陽光下的樹木，彷彿凝結成一塊尚未化開的綠色水彩顏料。這時的山，剪影分明，英挺獨立，有點不可一世的霸氣，絕對的陽剛。

薄暮時分，光線不再那麼銳利，山的色調變得柔和曖昧，光影不明，落日餘暉為山平添幾分暈彩，山便呈現一分女性的柔媚之美。

雨中的山，雲霧繚繞，分外有種柔腸百轉、纏綿不盡的哀怨，真箇是梨花帶雨，我見猶憐。

四時的山，因為季節氣候的變化不同，光線的濃淡強弱，山便時剛時柔，或清朗或矇矓，展現多重風貌。

落葉

冬天都快過完了，樹才開始落葉子。有些葉子枯黃了，有些青色猶存，還有些鮮濃似血，彷彿吸收了整棵樹的營養不夠，連地脈的精華也一併據為己有，在冷風和滿樹的衰枝敗葉間壯烈而奪目。

絕對不是錯覺，這種特別鮮紅的葉子要比其他的葉子來得厚實碩大，落在水泥地上鏘然有聲。夜晚的時候，不時聽到拍噠一聲，叫你知道它的存在，知道它即使辭謝枝頭也是鄭重其事、聲色俱在的。

我們把所有的落葉倒在花壇裡，任憑它們風吹雨淋，等到來春新樹發芽時，你會分不清它們到底是葉子還是泥土。

星夜

之一

夏夜看天，繁星點點，但見其灼灼光華，卻是可望而不可及，猶如許多傾慕已久的朋友，遠遠感受到他的光熱，卻是無緣親近，至終也僅止於心儀而已。

之二

許多星球早已隕滅多年，可是它的光芒仍然透過時空的距離投射而至。許多人也是如此，雖然去世，他的典範、他的風骨、他的嘉言懿行，仍在不斷影響著後世後代。

之三

星與星之間往往相隔數萬光年。

人與人之間何嘗不是，許多相愛的人終其一生也只能遙遙相望。看得見對方發出光的訊息，知道他婉轉殷勤的心意，卻為銀河所阻，無水可渡，無路可通。

聽溪

夜極靜。

幾日山雨，小溪的流聲特別清晰，且有一種奔騰之勢，在靜夜中分外撼人心弦。

山居十年，聽了十年溪聲，時輕時重，時緩時急。不想一次郊遊中，下到溪邊，使得對溪的幻想整個破滅。溪是好溪，蜿蜒幽靜，且多亂石，卻為兩岸密集的石桌石凳破壞了這分野趣。人為什麼總要在山水之中塑造自己的世界呢？保持他們本來的面目不是很好嗎？

再也不肯去溪邊了，就這樣小樓上聽溪，聽溪在時光裡一路漸行漸遠的腳步，敲得夜格外安詳，格外安靜。

剪影

烏桕的葉子疊映在老舊的磚牆上，顯得特別碧亮，彷彿一幅浮雕似的凹凸有致。

牆因為年久風雨的侵蝕，灰暗、污穢、苔痕斑剝，怎麼看都是一面醜陋的牆。然而在那樣清新如洗的生命襯托之下，牆竟然變得古意盎然，雖然歲月滄桑，卻自有一分滄桑後的篤定和閒靜，一任青葉在風中搖曳旋舞，幾生幾落。

我把這幀風景剪貼在窗櫺上，以及我的心中。

山裡的呼喚

有日清晨，似睡未睡、似醒未醒之際，忽聞一陣鳥鳴聲，不是都市中慣常聽到的麻雀，而是畫眉，我常在山上聽到，有好幾個音階，極其婉轉悅耳的一種鳴聲。

曚曨中，幾疑是夢。漸漸清醒，確定自己置身鬧市之中，山愁便頃刻排山倒海而來，才知道自己仍然是山的孩子。

原以為是附近人家鳥籠裡的畫眉，又覺得近在咫尺，循聲找了出去，發現就停在院中樹上，不知是從山中遠道跋涉而來，還是誰家逃脫的小犯人。

這以後，每隔一段日子，總要等到我逐漸為塵事淹沒，快要忘掉山的音容笑貌時，牠就回到我的窗前呼喚，呼喚我對山的記憶。

杏林子作品集 10

行到水窮處

作者	杏林子
責任編輯	莊文松
發行人	蔡文甫
出版發行	九歌出版社有限公司
	臺北市105八德路3段12巷57弄40號
	電話／02-25776564・傳真／02-25789205
	郵政劃撥／0112295-1
九歌文學網	www.chiuko.com.tw
印刷	晨捷印製股份有限公司
法律顧問	龍躍天律師・蕭雄淋律師・董安丹律師
初版	1986年10月5日
增訂新版	2012年2月
新版 3 印	2019年6月
定價	**260元**

書號	0110310
ISBN	978-957-444-810-4

（缺頁、破損或裝訂錯誤，請寄回本公司更換）

國家圖書館出版品預行編目資料

行到水窮處 / 杏林子作. – 增訂新版. -- 臺北市 : 九歌, 民101.02

面；　公分. -- (杏林子作品集 ; 10)

ISBN 978-957-444-810-4(平裝)

855　　　　100024817